PANÉGYRIQUE

DE

SAINT LOUIS,

PRÊCHÉ

DANS L'ÉGLISE DE SAINT-GERMAIN-L'AUXERROIS,

EN PRÉSENCE

DE L'ACADÉMIE FRANÇAISE,

LE 25 AOUT 1829,

PAR L'ABBÉ GAUDREAU,

ACTUELLEMENT

Curé de Saint-Eustache, Chanoine honoraire de Paris.

AOUT 1854.

(5)

Paris. — Imp. Felix Malteste et Cie. rue des Deux-Portes-Saint-Sauveur, 22

PANÉGYRIQUE

DE SAINT LOUIS.

Quia dilexit Dominus populum suum, idcircó te regnare fecit super eum.
II, PARAL, 2, 11.

Le Seigneur voulant témoiguer combien il aimait son peuple, vous en a fait le roi.

MESSIEURS,

Lorsque Dieu répand ses grâces privilégiées sur une nation, il lui donne des Princes animés de son esprit : aussi, c'est à bien juste titre que, Français, nous nous estimons le peuple chéri du ciel, au souvenir de tant de Rois dont nos annale sont immortalisé les vertus. A leur tête, sans doute, brille Louis IX, ce Roi d'autant plus grand, qu'il fut un Saint plus accompli, et que, ne séparant jamais les devoirs du salut de ceux de la royauté, il rehaussa l'éclat de la majesté souveraine par la pratique du christianisme le plus pur.

C'est bien à son règne que l'on peut appliquer les réflexions de nos saintes lettres sur la félicité des peuples gouvernés par un prince selon le cœur de

Dieu. « Sous son empire, les hommes, les biens de
» la terre, l'or, l'argent croissent et abondent; cha-
» cun cultive son champ avec confiance; les vieillards
» assis dans la place publique, ne parlent que de
» l'abondance où l'on vit; la jeunesse prend plaisir à
» se parer de riches habillemens, aussi bien que des
» vêtemens militaires. Avec lui, les guerres réussis-
» sent, la paix s'établit, la justice règne, les lois gou-
» vernent, la religion fleurit, le commerce et la
» navigation enrichissent le pays ; la terre même,
» semble produire plus volontiers ses fruits. Il sauve
» ses États par des voies plus douces, plus sûres
» que ne peuvent l'être les hasards des combats; régi
» comme par l'intelligence divine, son Empire, ne
» connaît point de funestes vicissitudes; il est craint
» cependant et honoré, parce que sa prudence qui
» conserve dans le royaume une paix profonde, fait
» pressentir ce qu'il ferait s'il fallait soumettre des
» sujets révoltés ou des voisins inquiets. »

Tel fut saint Louis.

Tel l'a toujours admiré l'illustre Assemblée qui me
confia l'honneur de prononcer l'éloge de son glorieux
Patron. Le louer, est chose simple et facile : mais
le louer selon ses mérites; mais rectifier avec une
sage mesure les faux jugemens portés sur certains
actes de sa vie par des esprits chagrins, qui ne purent
lui pardonner d'être un Roi, d'être un Sage, surtout d'être un Saint; mais remplir cette mission
devant une réunion si imposante par les dignités, les
talens, l'éloquence; voilà ce qui semble rendre la

tâche plus ardue. Cependant on se rassure, lorsque l'on songe à la sainteté du sujet que l'on traite, à la grâce divine qui vient en aide au prédicateur, aux sources historiques d'où il extrait la vérité afin de la présenter dans son plus bel éclat ; ces sources, vous le savez, sont spécialement les doctes écrits de l'Académie elle-même.

Je vais donc considérer, en saint Louis, d'abord le Roi, ensuite le Législateur et le Guerrier; sous ce triple aspect, vous verrez à quel degré de vertu la religion élève un Souverain, à quel degré de gloire elle élève un Chrétien : c'est là, toute ma pensée. *Ave Maria.*

PREMIER POINT.

Nommer la mère de saint Louis, c'est dire que la valeur coula dans les veines de notre héros avec le sang de Castille, c'est dire aussi que la religion la plus tendre, la plus éclairée le forma. Si la science, la sagesse, la connaissance du monde sont nécessaires à l'éducation des princes, combien plus la piété, et surtout, la piété maternelle. Heureux les peuples dont le futur monarque croît sous les yeux d'une mère chrétienne, ferme, capable d'apprécier les besoins de son siècle! Heureux les Français, quand ils peuvent admirer ou sur le trône ou sur ses degrés, une Blanche de Castille.

L'estime qu'il faisait de la grâce de son baptême, jusqu'à signer *Louis de Poissy ;* le souvenir qu'il gardait ineffaçable, de ces paroles si surnaturelles sur les lèvres d'une mère : *Mon fils, j'aimerais mieux vous voir mort, que souillé d'un seul péché mortel*, au point qu'il étonnait ses amis, par la préférence qu'il donnait à la lèpre sur une seule faute qu'il l'eût rendu ennemi de Dieu ; la religieuse frayeur que lui inspira le serment de son sacre, sont les traits énergiques d'une piété qui, déjà, révélait sa grandeur future.

Pourquoi tairai-je la simplicité de sa table et de toutes ses habitudes, l'assiduité et la ferveur de ses prières, sa récitation quotidienne du bréviaire de Paris, même au milieu des camps, l'austérité de sa vie, la sévérité de ses mortifications ? Siècle de plaisir, de richesses et d'orgueil, tu regardes, avec pitié, ce jeune roi, couvert du cilice, servant dans les hôpitaux, se joignant aux ouvriers qui bâtissent le monastère de Royaumont, et plus tard, s'enfonçant dans cette délicieuse solitude, pour s'y reposer dans les exercices de la pénitence, du fracas des passions et du tumulte des affaires ; c'est que tu ne connais pas les précautions jugées indispensables par les saints, pour conserver leur innocence dans un rang où tout conspire à la perdre. Est-ce parce qu'il n'employa pas son temps aux dangereux amusemens du monde, comme il le disait lui-même, que tu ne peux lui pardonner ses pieuses pratiques et que tu nous représentes, avec dédain, sa cour transformée en un cloître ?

Qui jamais acceptera ce langage hyperbolique ? Imaginez-vous l'heureuse alliance des qualités les plus contraires selon les idées humaines ; une angéli-

que pureté se familiarisant avec les manières aimables
d'une cour délicate et polie ; la pénitence austère
suspendant ses rigueurs pour laisser s'épancher les
effusions de l'amitié, de la tendresse conjugale, pater-
nelle ou filiale ; rien dans sa gravité de farouche et
d'incommode ; une régularité toujours indulgente
pour les faiblesses de ses proches ; c'est ainsi que se
manifestait la belle âme de Louis. Si la piété le porte
à se charger, à la vue de tout son peuple, du précieux fardeau des saintes reliques ; l'humilité, à graver
sur ses médailles le souvenir de ses défaites : dans ce
même cœur, se trouvera la valeur nécessaire pour
déjouer vingt fois les complots tramés par des sujets
perfides, des parens ambitieux, des ennemis rusés.
Avec simplicité, il se soumet aux avis, aux reproches
même d'un ami dévoué ; avec force, il arrête les projets d'indépendance d'un frère dont le génie altier
doit plier sous les lois. Homme, pour tous, de douceur et de paix, il brave l'insolence d'un prince san-
guinaire, qui traitait en vassaux les plus puissans
monarques et le réduit à la recherche de son amitié.
Tant il est vrai que, chez Louis, aucune vertu n'est éta-
blie sur les ruines d'une autre vertu et que les devoirs
de l'état ne souffrent jamais de la ferveur du chrétien !

Mais, me trompé-je ? l'attrait de la retraite
ne prit-il pas trop d'empire sur son cœur ? je le
vois qui balance entre les fonctions royales et les
douceurs de la solitude ; il pense à quitter les gran-
deurs du premier trône du monde. Plusieurs rois
philosophes ont pris ce parti ; qui les condamne ? En

eux, c'était faiblesse, sentiment de leur médiocrité, orgueil, découragement, égoïsme insensible au plaisir de faire des heureux; sans doute, un chrétien doit avoir de plus nobles motifs. Celui qui le dirige, c'est la connaissance de l'immense responsabilité qui pèse sur sa tête. *Apprenez*, dit saint Grégoire, *ô Rois! le grand mystère de Dieu dans vos personnes. Il gouverne par lui-même les choses célestes, il partage celles de la terre avec vous; soyez donc des Dieux pour vos sujets, autrement, souvenez-vous que les plus forts seront aussi plus fortement punis.*

Quel homme constitué en dignité ne redouterait cette sentence? cependant Louis prêt à déposer la pourpre s'arrête, délibère, consulte. Les larmes d'une Reine chérie, les représentations du guide de sa conscience, les gémissemens de son peuple, ont bientôt dissipé cette illusion d'une âme pénétrée de ses devoirs. Il fait à la félicité publique un sacrifice plus grand que celui qu'il avait médité, celui des penchans de son cœur et des attraits de sa piété. Elle devient plus active et se répand en une charité immense. Plus vivement il éprouve l'amour de son peuple, plus ardemment il veut se consacrer à son bonheur.

J'étais l'œil de l'aveugle. le pied du boiteux, le père des pauvres : assis au milieu d'eux, je les consolais. Ce n'est plus de Job qu'il s'agit, c'est de saint Louis. Les hôpitaux de Pontoise, de Compiègne, de Vernon, l'Hôtel-Dieu de Paris, les Quinze-Vingts, cet asile royal où la charité supplée, pour tant d'infortunés, à la privation de la lumière, en sont les preuves. Les aumônes ne sont plus distribuées à des jours solennels, mais pendant tous le cours de l'année, *car, dit-il, les misères publiques sont de tous les jours* ; il prodigue sans distinction d'âge, d'état, de service, de religion, ses bienfaits ; les veuves, les orphelins des juifs et des infidèles aussi bien que des chrétiens, le pauvre laboureur accablé d'années, le soldat à qui ne restent que de douloureuses cicatrices et de glorieux souvenirs, l'indigent noble et timide, tous trouvent en Louis un bienfaiteur. Chaque jour, il sert à sa table les pauvres de Jésus-Christ et quelquefois jusqu'à deux cents deviennent ses convives. O pauvres ! Combien il vous chérit ! c'est pour vous qu'il s'écarte de son palais et se dirige vers les ombrages de la forêt qui domine la capitale. Allez, allez au pied de ce vieux chêne de Vincennes ; vous y trouverez un juge impartial qui terminera vos différens. Ce n'est plus un roi, c'est un père qui pacifie des enfans bien-aimés, qui unit leurs mains dans les siennes. Soyez tous frères, un saint vous en convie.

Je serais infini, M. F., si je vous parlais de ces maladreries fondées au nombre de huit cents et plus, de ces vierges sans ressources sauvées du danger de perdre leur innocence, de ces jeunes hommes privés de fortune qui, par les secours du bon roi, purent cultiver les sciences, sans éprouver les horreurs du besoin, de ces serviteurs jouissant d'un bien-être anticipé, de ces églises relevées de leurs ruines et parées des plus riches ornemens : *Il ne peut y avoir d'excès aux charités d'un roi, disait-il ; eh quoi? me blâmeriez-vous, si j'employais mon argent en faste et en débauches?*

Charité de nos pères, que tu faisais de prodiges !

2

aux premières années de notre siècle, on s'était promis
de faire oublier tes bienfaits en préconisant outre mesure une vertu moins divine, l'amour de l'humanité ;
hélas ! que de déceptions ont prouvé son insuffisance !

Vous comprenez de suite que je ne suis pas ennemi
de la philanthropie : elle aussi est fille de la religion.
Ce sont notre législation, nos mœurs, notre civilisation
tout imprégnées de christianisme qui lui ont donné
naissance. Le grand tort de la génération qui nous a
précédés, c'est d'avoir méconnu son origine, exagéré
ses mérites, et surtout d'avoir imaginé de constituer
comme une science, la bienfaisance elle-même.

Sous les inspirations de la charité, on écrivait moins,
on parlait moins, on agissait davantage. Dévoûment,
générosité, spontanéité de concours, sacrifices com-
mandés ou conseillés par l'Évangile, tout cela vient du
cœur et non de l'esprit ; tout cela s'allume au flambeau
de la foi et non aux vaines lueurs des systèmes huma-
nitaires, des théories sociales, et c'est ce qui fait la
supériorité de la charité sur la philanthropie.

Tout s'est expliqué : nous avons réconcilié ces deux
sœurs faites pour s'estimer et s'entr'aider, et les utiles
fondations de nos pères se sont accrues au foyer des
lumières modernes.

Aussi, comme au temps de saint Louis, la science,
les beaux-arts, le génie littéraire ou politique ont
applaudi à cette heureuse harmonie.

En effet, saint Thomas d'Aquin, saint Bonaventure,
Robert Sorbon, Guillaume de Lorris, Villardoin,
Vincent de Beauvais, furent les amis, les commensaux
de Louis. Enflammés d'une glorieuse émulation par

sa noble familiarité, ils associèrent son nom à leur réputation, à leurs poésies, à leurs histoires, et à leurs fondations diverses.

Du fond des couvens et des monastères qui lui doivent leur origine ou leur plus grande splendeur, les Dominicains, les Cordeliers, les Carmes, font entendre en son honneur un concert de louanges auquel s'unissent, à Fontainebleau, les Pères de la Merci et dans les abbayes de Longchamps, du Lys et de Maubuisson les accens des pieuses épouses du Sauveur.

Ici, à grands frais, il recueillait les débris des sciences dispersés dans des livres devenus sans honneur; là, il enrichissait cette société fondée par le docte Robert, et dont la restauration, à deux époques différentes, suffit pour illustrer deux ministres; à Bourges, à Toulouse, mais surtout à Paris, il créait cette université justement fière de son auguste filiation, qui conserva toujours inséparables les trésors de la littérature et les enseignemens de la foi.

Puis, jetez les yeux sur ces églises sans nombre bâties par son ordre : mesurez les proportions hardies de la basilique où reposent les reliques de notre premier apôtre, des métropoles de Paris où de Rhéims; celles de ce monument gothique où la pierre semble découpée en dentelle, chapelle royale et sainte par excellence, où le magistrat fidèle comme l'accusé craintif et l'innocent calomnié, viendront un jour implorer le Dieu des lumières et de clémence, avant de pénétrer dans le sanctuaire de la justice humaine qui l'avoisine, et dites si cette immortelle solidité, ces ornemens délicats n'ont pas préparé les beautés de nos siècles modernes.

Vous me pardonnerez de m'arrêter sur des détails peut-être profanes; mais lorsque je songe que dans la personne de saint Louis je défends la religion si souvent accusée d'étouffer les inspirations du génie, je me sens tenté de vous rappeler encore ces fêtes nationales dont des mariages, des solennités de chevalerie, des entrevues de rois étaient les motifs, qui ravivèrent le commerce; cette multitude de vaisseaux réunis, soit pour lutter contre l'Angleterre, soit pour voguer en Orient, guidés par une aiguille mobile nouvellement connue, qui donna naissance à une brillante marine; ces rapports fructueux établis entre les Français et les étrangers qui firent écouler nos richesses et facilitèrent la prospérité de nos marchands; ces réglemens qui les affranchirent des anciennes servitudes, les protégèrent par une police active et dont notre siècle conserve encore les vestiges; enfin, l'utile invention de cet échange que fait le négociant d'une masse d'or ou d'argent contre une simple feuille, dont la confiance et l'honneur garantissent le prix.

Non, certes, Louis ne fut point un de ces hommes jaloux d'ensevelir les peuples dans l'ignorance, afin de les gouverner avec plus d'empire. La religion les réprouve, elle qui n'exalte que les princes qui, par tous les moyens possibles, ont procuré le bien de leur nation : *quœsivit bona genti suæ* (1 mach.) et telle était la pensée de Louis, lorsqu'il disait à son fils : *Il vaudrait mieux qu'un Écossais vînt d'Écosse, qui gouvernât bien et loyalement, plutôt qu'un roi de ta race, qui fut méchant envers ses sujets.*

Cependant ce souverain bon et pacifique sait que dans l'occasion il doit être fort ; car il est le fondement du repos public ; car si la tête est ébranlée, tout le corps chancelle. Aussi à la piété, à la charité, il joint une sévérité digne et sage.

Philippe trop facile aux impressions de la jalousie, ternit l'éclat de son blason ; une épouse ambitieuse a soufflé le feu de la sédition dans le cœur du comte de la Marche ; le comte de Champagne, toujours indécis, toujours infidèle, celui de Bretagne et de Flandre ont brisé les nœuds de la dépendance. Insensés ! qui courent à leur perte, en voulant abattre le trône qui les protége ; ils me rappellent l'allégorie du sage : le buisson choisi roi par les autres arbres, leur dit : *reposez-vous tranquilles sous mon ombre, sinon il sortira de mon sein un feu qui, me dévorant, vous consumera vous-même, quelle que soit votre grandeur.* (Jug. 9, 14). Ainsi la ruine de la puissance royale doit amener celle des puissances inférieures, et l'état tout entier, devenu la proie d'un incendie, ne sera plus qu'une même cendre. Louis voit sans trembler les desseins de ces perfides ; ses pareils n'ont jamais reculé devant le danger : *Num quisquam similis mei fugit?* (11 Esd. p. 11). Il s'apprête au combat et déjà les révoltés sentent mollir leur audacieuse témérité. Ils ont recours à la ruse ; mais, l'amour de son peuple aidant à sa valeur, le délivre de sa retraite de Montléry : alors, les forces de l'étranger viennent en aide à l'infidélité des citoyens ;

l'Anglais envahit nos provinces, appuyant la rébellion
de Lusignan. Vains efforts ! Louis compte sur le bras
de Dieu et sur la sainteté de sa cause ; lui neuvième,
l'épée à la main, il force le passage du pont de Taillebourg et l'ouvre à son armée : bientôt Saintes célé-
brera son triomphe.

Généreux et clément, malgré les nombreuses per-
fidies de ses ennemis, il se contente de les réduire à
l'impossibilité de nuire ; les comtes factieux recou-
vrent ses bonnes grâces et la nation anglaise abaisse
devant nous sa fierté.

Qu'il fut beau pour nos ancêtres ! le jour où saint
Louis, entouré d'un cortége de rois naguère ses
rivaux, devenus ses vassaux, fait publiquement hommage de sa gloire aux Français fidèles et orgueilleux
des succès de leur monarque, succès qui sont les
leurs ; ils ont ensemble trompé l'espoir de cette nation
qui, seule, peut leur disputer le premier rang entre
les royaumes de l'univers, et cette nation, l'Angleterre, avoue leur supériorité ! Je me dis : cet honneur,
est-il acheté trop cher par le sacrifice de quelques
provinces dont la légitime possession est douteuse,
dont la défense eût exigé beaucoup de sang à répandre,
une heureuse fortune à fixer longtemps près de nos
drapeaux ; incertain, je n'ose décider ce problème sur
lequel se sont partagés les politiques les plus expéri-
mentés.

Voilà donc ce grand prince que l'on a bien osé accu-
ser de faiblesse.

Faible ! celui que je viens de vous dépeindre au

milieu des factions ? Faible! celui que les grands redou-
tent et que chérit le peuple ? Voyez-le ce peuple,
ivre d'enthousiasme quand son roi revient couronné
des lauriers de Taillebourg et de Saintes ; morne et
profondément attristé, quand son roi souffre d'une
maladie presque mortelle, plus encore quand il est
dans la captivité; entendez-le plus tard demander à
grands cris que les abus soient réprimés et justice ren-
due comme sous le règne de Louis IX. Faible! celui
dont le zèle ne se démentit jamais pour la réforme des
scandales et des abus introduits dans l'état, ou même
dans l'église, par le malheur des temps? Faible! celui
qui proclama cette célèbre ordonnance qu'un de nos
plus graves prédicateurs, Bourdaloue, mettait au
nombre de ses précieuses reliques? Faible! oh, non!
j'en appelle à ses rivaux, à ses ennemis eux-mêmes,
qui le choisissent comme arbitre et médiateur dans
leurs querelles.

C'est le roi de France qui mande à sa barre, à
Amiens, le roi d'Angleterre et ses barons : il écoute
leurs raisons, il ouvre avec prudence un avis qui
calme les dissensions de ce royaume agité. C'est le
roi de France qui est sur le point de terminer les
animosités dont l'Empire et la Cour Romaine offraient
au monde le triste spectacle ; du moins, Frédéric d'un
côté, Grégoire et Innocent de l'autre, s'efforcent de
gagner son suffrage; c'est le roi de France qui, tandis
qu'au sein de la civilisation les Guelfes et les Gibelins
éternisent leurs querelles, s'efforce de pacifier l'Orient,
éteint les divisions parmi les barbares : au milieu de

l'enivrement de la victoire, c'est lui que des soldats féroces qualifient du nom de *véritable* : précieux hommages rendus à la fermeté de notre héros ! mais je ne vous ai encore montré cette vertu qu'aux prises avec des sujets révoltés, ou avec l'ennemi du dehors, il me reste à vous la raconter mise à des épreuves plus sensibles et plus délicates.

Selon nos idées modernes, Rome, dont la foi ne défaillit jamais, ne conserva pas toujours les bornes de la modération dans ses prétentions politiques ; mais si nous nous reportons aux circonstances de cette époque, si nous considérons l'ambition de tant de rivaux, les divisions des princes, les calamités de toutes sortes dont les peuples étaient les victimes, l'instruction, d'ailleurs, presque uniquement réfugiée dans l'Église, nous concevrons que l'omnipotence de Rome était une doctrine entourée de prestiges bien séduisans. N'oublions pas non plus que cette même Rome, qui regrettait l'empire du monde autrefois muet devant elle, sauva l'univers de la barbarie, et n'employa le plus souvent qu'en faveur des rois une puissance qu'ils avaient remise à l'envi dans ses mains : que si les Papes prétendaient pouvoir détrôner les rois, les rois aussi croyaient pouvoir l'être par les conciles généraux ; qu'ils croyaient encore pouvoir à leur gré faire déposer les pontifes romains. Fatales illusions, qui, dans plusieurs siècles, donnèrent lieu à des conflits lamentables entre la puissance temporelle et la puissance spirituelle.

Quel sera le rôle de Louis dans ces querelles ?

Fidèle à conserver intact l'honneur de sa couronne, il se présentera sans cesse comme médiateur pacifique. Il se prosterne aux pieds de Grégoire, mais ne craint pas d'arrêter son bras qui veut arracher le sceptre à Frédéric, pour le transmettre à un fils de France : *Le titre de Frère du Roi*, dit-il avec majesté, *suffit bien à Robert*.

Il offre à Innocent ses bons offices, mais lui refuse une retraite dans ses états ; malgré toute la vénération dont la dignité d'Urbain le pénètre, il rejette avec indignation l'étrange proposition d'accepter la couronne de Sicile. C'est qu'il croit que tout royaume, dans l'ordre temporel n'a que Dieu seul pour maître ; ainsi le proclame-t-il pour celui qui lui est confié : *Cujus soli ditioni atque protectioni regnum nostrum semper subjectum extitit* (Pragr.).

Ce serait ici l'occasion de déplorer ces questions litigieuses soulevées le plus souvent avec imprudence, ces suppositions chimériques qui tendent à troubler la paix de l'église : que le Siége Apostolique, juge des consciences, parle au nom de l'église universelle, qui ratifie ses décisions, qu'il fixe la foi, qu'il trace les règles des mœurs et termine toutes les controverses religieuses, qu'il spécifie même, s'il le faut, les cas où le chrétien devra généreusement répondre : *il vaut mieux obéir à Dieu qu'aux hommes*. Enfans dociles, nous souscrivons à ses décrets. Mais en regard de cette puissance sans limites sur les consciences, nous reconnaissons avec saint Augustin (lib. II, cont. Petil. 48), une sainteté inhérente au caractère du Souverain qui ne peut être effacée par aucun crime. « C'est-elle

» que David, dit l'immortel évêque de Meaux, injus-
» tement poursuivi et sacré lui-même pour le trône,
» a respecté dans un prince réprouvé de Dieu; que
» Jéroboam et les dix tribus ont profané en se révol-
» tant contre la dureté de Roboam; que tous les pro-
» phètes ont vénéré par leur soumission à tant de
» rois impies; que la primitive église a reconnu par
» sa conduite envers des empereurs cruels, et plus
» tard envers des souverains hérétiques qui ne lais-
» sèrent pas une mémoire moins abhorrée. »

Pourquoi, me dira-t-on, rappeler ces antiques
croyances du Clergé Français? C'est qu'elles nous don-
nent le droit de demander à ceux qui nous reprochent
de les avoir abandonnées, s'ils n'ont pas été les pre-
miers à les mettre en oubli dans l'ordre politique.
Ne perdez pas de vue qu'il s'agit ici d'un corps de doc-
trines corrélatives et indivisibles. Saint Louis refuse
d'être le vassal du Sacerdoce, mais il rejette la pensée
d'en être le rival, à plus forte raison le persécuteur et
le tyran. Il pose les limites des deux Puissances, mais
il les respecte et ne les brise jamais. Revendiquez, si
vous le voulez, les libertés de notre Glorieuse Église
Gallicane, mais qu'il nous soit permis aussi de reven-
diquer l'esprit qui les a dictées, la foi qui les em-
pêchait d'être un scandale, l'attachement inviolable
à l'unité qui en était la sauvegarde. Que Zorababel
voie toutes les têtes se courber devant sa puissance,
qu'il soit assis et domine sur son trône : *sedebit et
dominabitur super solio suo*; que le Pontife reste assis
sur le trône qui lui appartient, *et erit sacerdos super*

solio suo, mais plutôt périssent nos Franchises que le conseil de paix qui doit unir ces deux Majestés, *et concilium pacis erit inter illos duos.* (Zach. 6 13.)

Après avoir admiré le Roi chrétien, prenons un instant de repos ; puis, nous considérerons le chrétien Législateur et Guerrier.

II⁰ POINT.

Victime des passions qui agitaient les Grands, le peuple tournait ses regards vers le trône, accoutumé dans ces jours d'oppression comme dans toutes les calamités qui l'affligent à n'avoir que lui pour ancre de salut. Louis a compris que le moment était arrivé d'unir ses intérêts à ceux de son peuple, afin de relever l'autorité royale dissipée par la faiblesse de ses prédécesseurs et envahie par l'ambition de ses vassaux.

Il commence par combattre les abus d'un gouvernement à jamais condamné par l'expérience, en humiliant ces tyrans subalternes qui ne connaissent d'autres loi que leur épée ; Enguerrand de Coucy, cité devant ses juges ordinaires, le seigneur de Vernon, le comte d'Artois rappelés au devoir de veiller à la sûreté de leurs vassaux, le comte d'Anjou lui-même sur les marches du trône, frappé d'une juste sentence, demeurent convaincus qu'il ne doit y avoir, en France, qu'un Souverain.

Pour affaiblir leur pouvoir, Louis, par un exemple plus décisif que tous les édits, renonce généreusement à l'exercice absolu de sa propre puissance. Il montre le bien et sa conduite, objet de l'approbation générale, force à l'imitation ces guerriers naguère indomptables. Ils sentent en frémissant le pouvoir expirer dans leurs mains, par le recours au Roi qui devient le premier pas vers la régénération générale. L'usage du combat judiciaire, qui décidait tout par la voie du glaive, retardait encore les bienfaits de ce droit de réclamation ; il est défendu dans les domaines royaux, puis restreint dans les autres cours et rendu formidable par l'effroi que de sages réglemens porteront dans le cœur des combattans.

C'est ainsi que la fusion du Peuple et de la Royauté porte un coup terrible à la Féodalité. Elle consolide le trône, en inspirant aux citoyens une reconnaissance sans borne envers le destructeur de tous les abus. Ils apprécient comme des bienfaits ces semaines du Roi qui éloignent le danger des guerres particulières, ces *établissemens* qui, comme une digue inébranlable, compriment les essais renaissans de la tyrannie des grands vassaux, soit qu'ils imposent des droits nouveaux, soit qu'ils tentent d'altérer les monnaies, soit qu'ils essaient d'augmenter leur fisc par des amendes arbitraires.

Mais il fallait prévenir les désordres qu'enfante l'enivrement de la liberté chez une nation qui en est idolâtre : une vie errante et vagabonde est assimilée au crime qui cherche les ténèbres ; les habitans d'un lieu sont responsables des attentats commis dans son enceinte ; l'autel n'est plus fait pour servir d'asile aux assassins ; la quarantaine du Roi arrête la fougueuse vengeance d'un héritier offensé ; les mesures les plus sages préviennent et punissent tous les écarts préju-

diciables à la paix publique ; la source des désordres
est tarie par la proscription des jeux de hasard et par
la prohibition de cette foule d'histrions dont les obscè-
nes impiétés corrompaient la société. Les successions,
les mariages sont réglés de la manière la plus propre
à rendre sacré ce qui n'était jusqu'alors gouverné que
par l'usage. Ainsi, les mœurs se façonnent, la décence
est rétablie, une législation régénératrice fait revivre
la religion dans tous les ordres de l'état, et avec elle
ramène la félicité générale.

C'est la religion, en effet, qui conseille, qui autorise,
qui consolide tant de précieux changemens, car c'est
toujours au nom de Dieu, sous son invocation et après
s'être inspiré de la jurisprudence divine, que Louis
promulgue ses lois admirables.

Et sur quel autre fondement les appuyer, je vous
prie ? « Comment comprendre qu'un peuple s'unisse
» par des lois, si ces lois ne sont elles-mêmes un
» traité fait en présence d'une puissance supérieure ?
» et où la trouver cette puissance supérieure, si ce
» n'est celle de Dieu, protecteur naturel de la société
» et vengeur inévitable de toute contravention ? »
(Bossuet.)

Il se peut qu'un législateur outre dans l'application
ces principes ; mais ils n'en sont pas moins incontes-
tables. Par exemple, que nous importe que saint
Louis ait employé contre le blasphême des peines trop
sévères ? Sachant que c'est lui qui fit périr des rois
et des nations, il voulut en purger son royaume et

désespérant de vaincre la perversité de son siècle, il crut devoir l'épouvanter par la singularité du supplice. Trop doux, il encourageait l'impiété; trop rigoureux, convenez-en, ne désarmait-il pas le juge? Puis, qu'il est difficile, comme le prouvent toutes les tentatives de notre législation moderne, de préciser jusqu'où l'on peut sévir contre les infracteurs des lois, purement divines ! Au reste, qui donc, en cette circonstance, rendit Louis plus indulgent? Remarquez-le, mes frères, et rendez hommage à la religion; ce fut un Souverain Pontife, ce fut Clément IV.

Que ne m'est il permis d'entrer dans de plus grands détails; vous verriez notre saint législateur puiser dans les enseignemens de la foi toutes les mesures de sagesse que comportait son siècle. Il n'a pas remédié à tous les maux, sans doute; mais l'*homme impatient*, dit l'esprit saint, *n'opère que des folies* (Prov. 14, 17), Louis avait assez de lumières pour résister à la tentation du mieux, pour comprendre la résistance insurmontable que lui eussent opposée tous les intérêts blessés par des lois meilleures. Il s'est donc contenté de préparer, sans leur donner une existence prématurée, les grands événemens dont la postérité devait ressentir les avantages. Les générations se succèdent, les siècles marchent; honneur à ceux qui, sans déchirement, sans violence, sans appel à toutes les passions mauvaises, leur ont fait faire quelque pas dans le progrès !

Je voulais en peu de mots vous faire admirer dans notre saint le modèle des Législateurs; j'espère avoir réussi, et j'ai hâte d'aborder les qualités brillantes qui l'ont distingué comme Guerrier.

Déjà sa valeur est connue, déjà sur la brèche de Bellême, l'Angleterre éprouva son courage, et, sur les ruines de Montreuil et de Fontenai, ses ennemis furent effrayés par la puissance de son bras. Personne jamais n'osa mettre en doute son intrépidité, mais quelques écrivains n'ont pas craint de ternir sa gloire, en déplorant que son épée ait été teinte quelquefois du sang français. Mensonge historique, qu'il faut joindre à tant d'autres, dont nos annales ont été souillées. Permettez à cet égard quelques courtes réflexions.

Je sais que le blâme dont il s'agit ne concerne pas les rigueurs d'un instant déployées contre cette foule égarée, dite des *Pastoureaux*, qui, sous la conduite d'un ignorant enthousiaste, troubla le royaume. Car Louis était absent, et Blanche suffisait pour dissiper, en lui ôtant son chef, du reste convaincu de meurtre, une émeute qui, commençant par une piété mal entendue, dégénérait en une audace cruelle et sacrilège. Ce qu'on lui reproche, c'est la guerre des Albigeois ; c'est sur cette guerre que je m'exprimerai franchement.

Je n'applaudis pas au fanatisme qui, voilé du manteau de la religion, verse le sang et devient d'autant plus l'ennemi du christianisme, qu'il lui attribue ses fureurs et ses crimes ; je n'exalte pas l'intolérance dont le propre est d'offenser la charité que commande le Divin Maître ; mais je distingue l'homme paisible qui, de bonne foi, ou même séduit par des préjugés divers, professe l'erreur, sans cesser de remplir les devoirs sociaux, de l'homme ardent qui, après avoir secoué le saint joug de l'Église, veut encore briser celui des lois; qui, apostat de la foi, le devient également de l'obéissance jurée à son prince. Autant l'un mérite de douceur et de condescendance, autant l'autre doit être l'objet d'une juste sévérité. Que le chrétien supporte patiemment les outrages, que l'homme privé souffre la perte de ses biens ou de son honneur en silence, sans invoquer la justice humaine qui lui prêterait son appui tutélaire, je le conçois. Mais quel tribunal vengera l'injure faite à la société? Quel roi comprendrait assez peu ses devoirs, que de laisser, impassible, miner son trône, séduire ses peuples, bouleverser ses États? Or, j'en appelle à l'histoire, à une trop funeste expérience; quels maux n'enfantent pas les révoltes colorées du nom sacré de la religion qu'elles profanent?

Le comte de Toulouse, chef et protecteur des Albigeois, était un hérétique; eh! que m'importe? Je ne vois en lui que l'ennemi de la patrie. Louis, rapide dans la guerre, terrible dans le combat, le terrasse d'un coup décisif; puis, moins intraitable que son père qui poursuivit, dans Avignon, Béziers et autres villes, les rebelles plus encore politiques que religieux, il tend une main secourable aux vaincus; supérieur à son siècle, il substitue la sagesse des édits à la rigueur des supplices. Cette fermeté qui s'unit à la clémence, fait son plus bel éloge, et cette époque, est peut-être la plus admirable que nous of-

frent, sous son règne, les fastes intérieures de la
France, comme les Croisades, l'époque la plus glorieuse de son histoire extérieure.

Ce n'est plus aujourd'hui qu'il est besoin d'en faire
l'apologie. On convient que saint Louis ne les entre-
prit ni par défaut de lumière, ni par ambition, ni
par enthousiasme d'une piété imprudente : ses mo-
biles étaient l'amour de la justice, le zèle pour l'humanité souffrante, la défense de l'Occident menacé
d'une inondation de barbares et la religion qui donnait à ces sentimens, plus de grandeur, plus d'éner-
gie.

Le dix-neuvième siècle voit se renouveler, mais
non certes, sous l'inspiration de la foi catholique, ces
expéditions en Orient, dont le but rappelle celui des
croisades ; or, personne ne songe à en contester la
justice. Dans nos temps modernes, la politique voulut
constituer l'indépendance de ces chrétiens toujours
victimes d'une honteuse servitude, depuis qu'ils ont
déchiré le sein de l'Église leur mère, à la condition,
toutefois, qu'ils renonceraient à leur perfidie deve-
nue proverbiale : elle aime les Grecs et souhaiterait
que l'identité de nos formes gouvernementales leur
fût un acheminement à l'unité de notre foi. Elle voulut
aussi restreindre dans un cercle plus étroit des peuples devenus par leurs mœurs, leur fanatisme, leur
législation tyrannique, un danger pour leurs voisins ;
elle voulut sauvegarder la civilisation, du contact des
nations qui ne connaissent pour droit que celui de la
force ou du glaive. De bonne foi, saint Louis voulut-

il autre chose? la puissance qu'il combattait était-elle
alors moins arbitraire, moins envahissante, moins
barbare, quel que fût son nom, que celles qu'ont fou-
droyées nos bombes meurtrières? et lorsqu'il formait
le vœu que l'Empire mahométan, indigné de son iso-
lement, de son abâtardissement, foulât aux pieds son
croissant pour arborer de nouveau la croix de ses
Constantin et de ses Théodose, les hautes intelli-
gences ne comprenaient-elles pas qu'il s'agissait de
sauver la religion et les états d'Europe d'une ruine
totale, de refouler ce torrent asiatique qui, dans ses
flots menaçait d'emporter la civilisation et les beaux-
arts avec la foi de l'Occident?

Ajoutons, que Louis pouvait dire comme Simon
Machabée : *Nous n'usurpons rien sur nos voisins ; nous ne
voulons que posséder l'héritage de nos pères, occupé pendant quelque temps par nos ennemis, d'une manière injuste,
et dans lequel nous sommes rentrés, aussitôt que nous en
avons trouvé le moyen. Ce que nous réclamons, c'est notre
bien patrimonial : Vindicamus hereditatem patrum nostro-
rum* (I. 15, 33).

Mais Louis a échoué! Ce n'est pas à lui qu'il faut
en imputer la faute. Serait-il donc responsable des
abus, des désordres, des erreurs qui entravèrent ses
projets si bien combinés? Les entreprises les plus
justes aux yeux de la raison et de la foi trouvent des
obstacles qu'aucune prudence humaine ne saurait pré-
voir ; le navire devient souvent la proie d'un équipage
révolté ; celui qui le commande est-il assuré contre la
perversité des matelots ; et plus encore, contre les

rescifs qui le brisent, contre les tempêtes qui le plongent dans l'abîme? Combien d'autres grands hommes ont promené sur terre et sur mer leurs infortunes imméritées? Louis, avec une rare sagesse, a conçu, préparé cette expédition. Imitateur de Louis VIII et de Philippe-Auguste, il a remis les rênes de son royaume entre les mains de Blanche de Castille, comme eux rendant hommage au mérite consommé, au génie actif, pénétrant et ferme de cette princesse.

Partez donc, s'écrie-t-il, soldats de Jésus-Christ, partez, votre cause est celle du Seigneur lui-même. Lisez écrit sur votre bannière : *Diex el volt*. Prêtres, entonnez l'hymne sacrée. Que Dieu ordonne aux vents de souffler dans vos voiles, à la mer de modérer l'impétuosité de ses vagues. Allez ! réjouissez-vous, des palmes vous attendent. Hélas ! je l'ai dit, ces palmes sont celles des martyrs.

En effet, viennent les revers les plus lamentables. Il ne m'appartient pas de raconter leurs causes, leur enchaînement, leur fatalité; j'aime bien mieux admirer Louis opposant la prudence la plus héroïque à la mauvaise fortune. Il reste en Palestine, afin de ne pas priver de tout espoir les chrétiens de ces plages désolées et contraindre les infidèles à exécuter la capitulation; il y demeure afin de réunir près de lui ceux que menaçait une éternelle captivité : il accorde divers souverains de ces contrées funestes ; il fait travailler aux fortifications de la ville d'Acre, répare celles des autres cités, et quatre années de son séjour en Orient valent la liberté à plus de douze mille chrétiens.

Malgré de si grands malheurs, Louis se console à
la pensée des résultats dont l'avenir doit recueillir les
fruits. En effet, l'Europe est sauvée de l'irruption des
barbares, non vaincus, mais épuisés par tant d'atta-
ques réitérées; la servitude est presque abolie par
suite de la franchise accordée à tous les serfs qui ont
été du voyage; la puissance royale s'agrandit aux
dépens de celle des seigneurs presque ruinée; la
rébellion sera plus rare, les guerres particulières
seront éteintes, faute de moyens de les soutenir; la
navigation perfectionnée ouvrira au commerce floris-
sant des voies plus promptes et plus sûres; enfin les
lettres et les arts s'enrichiront par les rapports avec
les peuples possesseurs autrefois des trésors de la
science. Après de tels avantages, on est bien venu de
ne parler que des désastres des Croisades?

Du reste, Chrétiens et Français, vos cœurs seraient-
ils insensibles à la gloire d'avoir fait briller aux yeux
des barbares les vertus d'un roi chrétien et français.
Ils ont admiré dans leurs princes la bravoure, la capa-
cité, la fortune; mais Louis leur présente un pro-
dige de force et de courage inouï jusqu'alors, des
qualités diverses dont l'union passe toute imagination.
En effet :

Il prêche la pénitence aux Croisés, les exhortant à
donner pure et sans tache à Jésus-Christ une vie qu'ils
lui ont sacrifiée; il visite les malades, les console,
fait observer sur les vaisseaux la plus grande régularité; gémit ensuite sur le défaut de discipline qui
dépeuple son armée; se confond avec le soldat pour

donner la sépulture à ceux que moissonna le fer des Sarrasins, portant de ses mains royales les martyrs de la foi ; sous le poids des fers, il multiplie ses fréquens entretiens avec Dieu ; il répond avec modestie que le Soudan fera de lui ce qu'il voudra, parce qu'il est son prisonnier, préfère la mort au blasphême renfermé dans le serment que lui proposent les Émirs ; il dicte enfin cette lettre modèle d'humilité, où il annonce ses désastres à son royaume. Voilà le chrétien !

Il paraît sur le tillac tel *qu'on ne vit jamais plus bel homme armé* ; se jette à la nage à l'attaque de Damiette, triomphe des ennemis rangés sur la rive, tandis que la flotte d'un autre côté les disperse. Après quelques larmes versées, sur un frère chéri, victime du feu de sa valeur, il se précipite sur les infidèles, animé par une juste vengeance ; seul contre six, soutient une lutte meurtrière ; et trois jours après, seul encore, dégage son autre frère du milieu des glaives étincelans et des torrens d'un feu perfide ; captif, il garde un silence de mépris, lorsque des assassins lui demandent le prix de leurs forfaits, et ensuite, à l'émir, qui, d'une main lui présentant le cœur d'Almoadan, de l'autre une épée prête à le percer, lui ordonne de le faire chevalier, il répond avec noblesse : *Fais-toi chrétien, et je te ferai chevalier*. Émerveillés de ce courage, les disciples de Mahomet délibèrent de le choisir pour leur roi et s'écrient : *C'est le plus fier chrétien que nous ayons vu jamais !* Voilà le Français !

Il répond au Soudan, furieux de sa défaite, qu'il

n'accepte pour la bataille aucun jour préfixe, qu'il défie Malek-Sala pour le lendemain comme pour tous les autres. Dans la retraite, il tombe entre les mains des ennemis, parce que son grand cœur ne lui a pas permis d'abandonner les blessés et les malades ; plus tard, il assure à chaque prisonnier sa rançon, disant qu'il ne songerait à sa liberté qu'après avoir procuré celle des autres. Toutefois, *ce n'est pas à prix d'argent que l'on estime le chef des Français.* Puis, il tient à garder la plus exacte fidélité envers des traîtres sans foi, sans honneur ; enfin il refuse d'aller visiter Jérusalem en suppliant, après s'en être promis la conquête. Voilà le Roi de France !

Pour terminer, disons que le Chrétien, le Français, le Roi, se confondent pour ne plus constituer que le grand Saint, lorsqu'après quinze années de bonheur, il part de nouveau et va sous les remparts de Tunis montrer non plus seulement comment un héros de l'Évangile soutient les disgrâces, mais comment il envisage le trépas. Un jour de plus, et il recueillait les glorieuses palmes, les immenses avantages qui couronnèrent les armes du Roi de Sicile ; mais il est frappé, c'en est fait. Un ciel brûlant, une terre aride, un air corrompu, multiplient les victimes qui doivent précéder ses funérailles. D'un œil tranquille, Louis considère son tombeau qui s'ouvre. Couché sur la cendre, il prie pour son peuple qui lui est si cher : *Esto, Domine, plebi tuæ sanctificator et custos ;* Entouré de ses généreux soldats, il appelle son fils, et, ranimant ses forces, il lui recommande d'être fidèle à Dieu, soumis à l'église, père de son peuple ; il lève ensuite les yeux, regarde le ciel, et prononçant ces paroles de nos divines écritures : *J'entrerai dans votre maison, je vous adorerai, mon Dieu, dans votre saint temple*, il expire.

Recueillons les dernières paroles de notre Roi, Messieurs ; fidélité à Dieu, soumission à l'église, amour mutuel entre le souverain et ses sujets, tel fut le vœu suprême de saint Louis pour la France. Puisse-t-il du séjour de la paix inaltérable nous obtenir ces vertus, après nous les avoir enseignées par son exemple. Puissions-nous profiter de la dernière exhortation de celui qui, pour avoir quitté la terre, n'a pas cessé, pour cela, d'être notre Roi. Puissions-nous rendre heureuse pour nous cette solennité par la résolution toute française de marcher comme lui constamment sous la conduite de la foi et de la charité pour arriver au ciel que je vous souhaite. Ainsi soit-il !

LE SECRÉTAIRE PERPÉTUEL DE L'ACADÉMIE,

A M. L'ABBÉ GAUDREAU.

MONSIEUR LE CURÉ,

L'Académie française me charge de vous témoigner sa reconnaissance et la satisfaction qu'elle a éprouvée, en écoutant votre excellent Panégyrique de saint Louis. Vous nous avez montré dans ce Prince les hautes qualités qui en auraient fait un digne Monarque et le meilleur des hommes, quand même il n'aurait pas été un Saint. Il n'est pas donné à l'homme, a dit un écrivain du siècle dernier, de porter plus loin la vertu. Vous nous avez peint ensuite à grands traits, dans saint Louis l'illustre Législateur et l'intrépide Guerrier. En nous pénétrant d'admiration pour votre héros, vous nous avez inspiré beaucoup d'estime pour son panégyriste. Votre diction, pleine de mesure et de sagesse, prouve que vous avez parfaitement le sentiment des convenances, et l'esprit de tolérance et de douceur qui s'accorde si bien avec votre Ministère.

Recevez donc, Monsieur le Curé, mes remercîmens et les félicitations de l'Académie, et permettez à son secrétaire d'y joindre le tribut particulier de sa considération très distinguée et de son respect.

ANDRIEUX.

Paris, 1er septembre 1829.

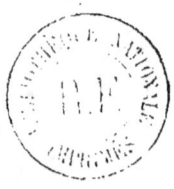